세계에 대한

나의 온갖 분석들은

불완전한 소멸의

철학 그 자체다.

\- 2022. 9 -

김석

절반의 서書

김식 시집

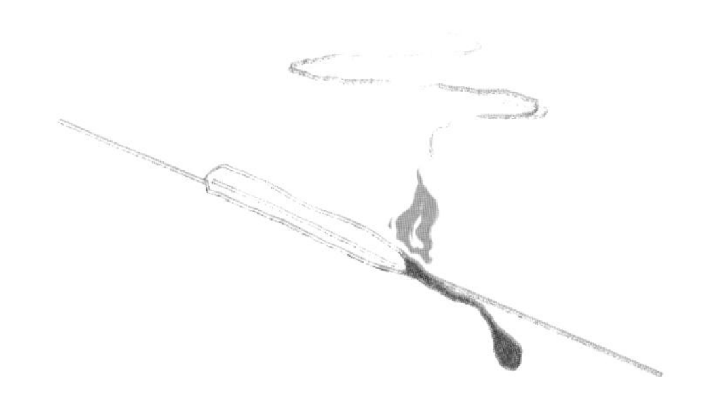

❏ 365일 독자와 함께 지식을 공유하고 희망을 열어가겠습니다.
❏ 지혜와 풍요로운 삶의 지수를 높이는 아인북스가 되겠습니다.

절반의 서書

초판 1쇄 인쇄 2022년 09월 20일
초판 1쇄 발행 2022년 10월 04일

지 은 이 | 김식
펴 낸 이 | 김지숙
펴 낸 곳 | 아인북스
등록번호 | 제 2014-000010호

주　　소 | 서울시 금천구 가산디지털2로 98
(가산동 롯데 IT캐슬) B208호
전　　화 | 02-868-3018
팩　　스 | 02-868-3019
메　　일 | bookakdma@naver.com

I S B N | 978-89-91042-85-8 (03810)
값 15,000원

*잘못 만들어진 책은 바꾸어 드립니다.

절반의 서書

김식 시집

아인북스

_ 세 번째 시(모음)집을 앞세우며

글에 비친 나의 모습이

이전과 다르게 느껴지면

나는 얼마나 침잠되어 있는 걸까

글에 비친 나의 모습이

두렵게 느껴지면

나는 얼마나 세상을 속였을까

글에 비친 나의 모습이

애처롭게 느껴지면

나는 얼마나 상처받아야 할까

글에 비칠 나의 모습이

낯설게 느껴지면

나는 얼마나 나 자신을 속여야 할까

글에 비칠 나의 모습이
사랑스럽게 느껴지면
나는 얼마나 열정을 앓게 될까

글에 비칠 나의 모습이
편안하게 느껴지면
나는 얼마나 진실로 살아갈까

나의 글이 세상의 명경明鏡 되어
자존심으로 아로새겨질 때

나는 얼마나 또렷한 붓잡-이 되어
웃으며 사라질까

글에 비친 나의 모습 그대로

_ 서시, 그 두 번째 이야기

셀 수 없이 많은 밤을 지새우며
처음 만났던 날을 떠올린다

살이 타는,
꿈을 꾸면
내게 윤리를 강요 말라고
네 눈동자에 언어를 건넨다

애증의 시간이
이대로 멈춰지면 좋으련만
잃어버린 노래들
너무 이르게 요절한,
쓸쓸함이 쌓여가는 애달픈 연애

커피를 솎아내고
눈물 한 방울

하지만

그것마저 닦을 수 없는데

어쩌면
마지막 미련일 수 있기에
진정
처음 태어난 이 공간에서
둘만의 사랑으로
가슴 바깥에 비추어 갈 마지막 서시

유혹의 은하수를 헤매다
더 갈 곳 잃어도 나는 좋다

목 차

절반의 서書

나의 육체는 모순덩어리이자 매일 사고를 갈아입는 변덕
글을 씀에도 나의 존재를 명확하게 파악하지 못하는 어리석음
기쁨도 슬픔도 담아낼 수 없는 그릇 하나 팽개치고
텅 빈 마음으로 종종 새벽 거리에 어느 시인의 가래침을 코스프레한다
오늘은 하늘에 나-가야 할 행선지를 묻는다
수직으로 죽어가는 빗방울들이 후두둑 모스 코드Morse code를 준 것도 같은데
난 그저 응석 부리며 내게 붙어있던 온갖 레이지즘lazism을 헹궈낸다
햇살이 추락된 이후, 바람의 날갯짓이 시간을 감싼다
우울한 걸음에 나의 영혼이 절망으로 미끄러진다
슬픔을 수거할 빨간 우체통 곁에서 물끄러미 기억을 쳐다본다
떠오르는 얼굴, 비스듬히 나를 쳐다보는 내 쉰 해 전의 아이 하나

한 번도 혼자라고 느낀 적 없었을 일곱 살 사나이

고요함에 악수를 청할 줄 알게 된 쉰 살의 신사紳士

무엇을 바랐던가

나는 알게 되지 않았던가

혼자라고 느낄 때 눈물 한 방울이면 해결된다는 것을

가슴으로 추억을 넘기며 한 걸음 한 걸음 언어를 수행하면 그만인 것을

삶과 죽음의 경계란 세상 어디에도 없음을

절반의 끝에 서서 이제야 글로 마음먹을 수 있다는 것을

공존의 고통

잊으라는 건
내 생각으로 결정된
구도 속에 갈구하는
막다른 사랑 표현

가슴 끝에 박힌
칼날 같은 아픔
빈틈으로 심장을 꽉 채운
못난 그리움

그러나
무엇인지 모르는 것보다
차라리
공존의 쓰라린 고통으로
모든 순간을 영면하는 것도
눈물겹게 살아가는 것도

따뜻했던
그대 품을 기억하는 방편일 테니
새벽녘

소리 없이 마음을 적시고
구름 품은 하늘
어디론가 막연하게 걸어간다

늘 만났던 시간처럼
기억들이 철길 위를 걷는다
생각들은 모두 너의 모습이 되어

계절,

노을을 꿈꾸며 찾아오는 어둠
색이 바뀌는 건 너무 싫은데
희미하면 추억이 되는 걸까

혼자 있어 외롭지 않은 지금
내가 나를 부순다

산길

고즈넉이 바라보는
얼굴 하나 있지

목마를 때
내 땀방울
이슬로 먹고사는

아주 오래된 새로운 길

라면, 그 호흡呼吸의 랜드마크landmark

분노의 숨
더는 두려워 말자

그대
멋지게 속 한 번 꼬이고 싶은가

곡선의 전갈傳喝
휴식

그 안일함에 반反하여

곡식谷食

인생의 뜨거운 맛으로
타성惰性에 엿-먹이다

봄2

자세히 따져보니
몽상이라는 것이 그리 씁쓸하지 않다

내게 나타난 건
오히려 현실의 공백일 뿐
그때부터 삶은 의문투성이다

첫 계절에
비극적인 문학의 병이 고질적으로 나타난 터라
세계에 대한
나의 온갖 분석들은
불완전한 소멸의 철학 그 자체다

지난겨울
그대를 소유하려던 나의 심장이
그대에게 짐작되고도 남았으리라

남자라는 자격에 부끄럼 없을 이름 그 하나만을 갖추기
위해
강렬한 애정을 퍼부었을 때
언어적 상징일 사랑이라는 절대에 다다르기 위하여

나는 가슴에 당신의 확실한 체취를 익혔다
형식적 모순의 핵심이 될 수 있겠지만
내가 당신에게서 도피한다는 것은
불가능한 사태 혹은 미천한 조건에서나 가능할
위대한 침묵이다

아직 벗어날 수 없다

봄은
항상 당신을 획득하려는 연속의 내 가느다란 순간들이다

잔

추억을 마시는 그대 향기,
갈라진 거미줄로 물든 차가운 대지에
온기의 빗물 내려와 몸을 적시면
아로새겨진 밤별들 내 기억에 묻혀
무심코 떠오르는 눈빛들의 언어

마주 앉았던 소중한 마음을 담아

비밀스러운 너를 한 편의 시로 불러내어
그리움 덮인 빈자리 한켠에

꿈속에서조차 숨 쉴 수 없을
가슴 설레는 장면들로 가득 찬
회색 풍경 속 흩날린 바람의 흔적들을 담고

겨울 기억

하얀그림으로
덮여있는세상이
아니건만

거리에는
온통눈에찍힌발자욱처럼
사람들의무게가
걸터앉아있고

서성이는기억마다
잘가라는인사뿐

나는결국
다가오고야말
차가운겨울의기억일뿐이다

시월애始月愛

어둠이 될 수 없을 빛바랜 그늘

떠나간 봄바람을 기다리며

기억의 소진 끝에 홀로 남겨진 쓸쓸한 골목

이젠 낯설기만 한,

쓸쓸한 아이는 언덕 너머 숲으로 향하고

보금자리는 어느덧 쇠약해져 엄마의 품에서 벗어날 수 없었다

돌아올 수 없을

하지만 다시 돌아올 것 같은 목소리

동이 트면 밤을 꼬박 지새운 아이는

소란스레 피곤해진 얼굴을 뒤로 하고

방금 떠나온 골목에 마음을 잡혔다

남아있지 않을 흔적

보고픔이 시詩로 변하면 앞마당에 들어차는 동冬

폐기된 언어

너무 그리워 차라리 죽었으면 싶을
가장 쓸모 있게 시간을 낭비하고 싶은,
늘 예감이 기대되는 내 겨울의 주인은 그녀

사명使命이 되어야 했을 사랑
모든 도시가 귀향을 서두르며
서울의 밤을 제주의 달로 갈아입을 때

아이의 별別은 눈물이 되었다

하늘 아래 신비의 거미줄이 드리워지면
긴 여름에 목비 내리기만
긴 겨울에 눈 내리기만
기다림에 굳은살이 박여 이젠 늘 혼자 되어 버티고 있는

핏빛 근육

황진이

휘날리는 여울
건너
마음이
써놓고 보낸
종이학 한 마리
님에게
날아가고
절룩거리는 보고픔에 힘겨워
소리 없이 노스탤지어를 담은
한 점 목소리는
그리움의 여운으로
늘 사랑의 자기 표절에 절망하여
바람에 흩어지는 한 편의 시로 남으니
차라리 물결에 자맥질하여
흐트러지는 게 나았을,

내 가슴이 던지는
보고 싶다 말을 잃어

님에 당도하지 못한 유목으로
한겨울의 계절을 버텨
방금 토라진 마음 하나
창백하게 박제된 고독을 응시하면

쓸쓸함을 빼닮아
물리적 법칙을 완전하게
거스른,
영혼 깎인
종이학 한 마리
내게
돌아오고

사슴, 분첩을 열어
늙어가는 기억을 비워낼 때
혼잣말을 꺼내는 추억

모르오이다
내 몸을 아는 것은

그대가 아니오이다

이승에서 알아차릴 수 없을 고통의 설렘으로
사내와 조우하여
속살의 자존심을 보여주고자
목전의 나는 유혹으로 살 수밖에

소인이 등신불이기를 바라지마소서

설레는 노을
예쁜 보금자리를 꾸며
옷고름 방황하던 그 밤

진분홍,
이승의 언덕 아래 가장 아름다운 색
달빛 아래 구풍口風은 부풀어 오르고
손끝에 알려주고 싶은 내 맘
그대의 마법 같은 미소가
내 음험의 옷고름을 헤치기 전
녹물 든 연정 하나
입가에서 미련으로 맴돌 때

호명하는 심장에 박힌 눈물

어디,

임 자리하실 허공에서 지을 미소

바람, 떠도는 마음

독상을 깨우는 화담의 향기

부서진 시간이 나를 그대에게서 멀어지게 할 때

절룩거리는 보고픔에 님을 색칠하며

나는,

나의 타버린 사랑에 뜨거운 냉수를 끼얹기로 마음먹었사옵니다

단 하루만이라도 그대를 잊고 살 수 있다면

홀로 황량한 생각 둘 곳 없어

해원에 퍼붓는 돌팔매 하나

지는 풍경의 장막 건너

고독한 반원 아래 선 하나 그으면

해는 출렁이는 빛으로 떨어져

제 숨결에 겨워 스러지고

살 가장자리에 스며든 어둠

그리하여

낯선 거리의 아쉬움처럼

까닭 모를 눈물 한 방울

황토현 길목에서

계절의 끝에 남아있던 추억을 포박하면
홀로 넘는 재는 가시에 찔린 계절로 남겨진 비경悲境
각혈하는 바람은 하혈하는 해를 업어 세상에서 가장 맑게 사라질 흔적
눈물로 별을 재워
내 뜨거운 눈시울
차라리 두 눈멀게 바라볼 수 있을 태양으로
마음 타-들어가길 기도하는
외로움은 조악한 사치
그대가 보고 싶을 때마다 죽어갈 숨은 나의 심장으로 걸어오고
우리의 이별이 다가올수록, 견딜 수 있을 만큼 떨어져 있기를
혁명을 위해 그대는 도刀를 휘두르고
변화 너머 무엇을 꿈꾸었는가
구릉엔 소나기가 폭포처럼 울부짖어 온종일 빛 고이지 않았고
기억은 부러진 시간으로 남아

눈물이 수직으로 죽어가는 밤

고집스러운 눈동자

그댈 향한 미소는 시린 여음餘音

단 한 점의 바람에도 중얼거리는 잿빛 마음

아름다운 문장으로 삭제된 감정, 하지만

산을 건너면 또 하나의 산인 것을

그리하여

나는 가련할 뿐, 당신의 인생만큼 슬플 수 없음을

혹독한 겨울 속 피어나지 못할 풀잎

평등, 한 생의 가운데 새겨졌을 단어

기백산起白山 좌죽산座竹山

정신은 불의에 항거하고 조각난 꿈은 선명하게 덧칠된 상처

길 잃은 민초들이 걸어갔던,

소리를 삼킨 땅

깃발 든 대장장이 하나 죽어 나가고

죽창 한 소절에 기대어

피바람은 잔인한 장송곡으로 산에 오른다

얼마나 많은 위대한 밤들이 스러졌을까

서러운 가슴에 새로운 사랑으로 잠들 수 있게

짚세기 고쳐 신고

녹두,

아름다운 이유가 존재한다면
하늘과의 약속을 버리지 않음에
그처럼 초-절정의 진실이 세상에 또 있을까,
기다림의 끝이 될 운명으로
처음부터 나중까지 지워지지 않고 참아낼 고통
미소 지었을 그대라서 모든 게 이해되듯
진정 그리운 시간이란 어디에 존재하는지,
바람에도 목을 매달만큼
모든 슬픔을 자기 몫인 양 울었을 작은 거인
정의正義는 여명黎明 전에 기침起寢하여
모든 군도群道가 살아있음으로
갑오년의 사자死者에게 헌사를 바치기 위해
나, 다시
황토현黃土峴으로 들어가다

나의 본능도 하나의 사례일까

뭇 남성들을 받아들이려는 나의 본능은 비밀스러운 향락

낡고 바래진 몸뚱어리에도 남아있을 오르가슴을 회복하고 싶은 미친한 욕구에 나는 짐승처럼 몸을

비틀었다

질퍽질fuck의 속삭임을 탐하는 남정네들 사이에서 내게 숨어 있던 마조히즘을 꺼내 업신여겨지고 싶은 병적 묘사를 하면, 어느새 사내들에게 거침없이 깨지고 있는 나의 육신이었다

긴 시간 동안 사그라지지 않는 그들의 근육에도 나의 허리는 힘들지 않아야 했다

전농동 뒷골목에서 보낸 날들은 내 생애 최고의 자비였다

모든 타인의 처소,

미래 없을 천박한 노동이 끝나고 나면 아무 일도 없었던 것처럼 나는 매일 사랑이라는 혜택을 얻는 것이라고 스스로 달랬다

유목하는 영혼의 소리가 비참하게 들리고 모든 물리적 법칙의 우주가 멈춰버렸다

하지만

아름다운 파괴로 남겨진 상처도 간직할만하기에 주어酒語로 취하는 혈관에 나는 행복했다

사소한 생일 수 있지만, 여운이라도 흩뿌리고 싶었다

공통어로서의 몸짓을 믿는 난 늘 지적知的으로 궁금한 게 하나 있다

비트겐슈타인Wittgenstein은 『논고』에 "세상은 모든 사례다(The world is everything that is the case)"라고 썼다

그럼, 보이지 않는, 않을 본능은?

해석되어야 내가 살 수 있을 것 같다

내 아버지의 바다, 섬 그리고 시

노을을 밀어내고 안개에 싸인 바다의 끝에 남아있던 파도는 빛과 어둠의 은둔처

태초부터 아버지를 홀렸나 보다

설화, 고래는 아버지에게 수심水深을 일러주지 않고 사라진다

폭풍은 여느 날과 동일한 방법으로 바다를 제압하며 비경悲境의 계절로 남고 홀로 노를 젓는 아버지는 뱃놈이 가질 유일한 동침의 방식으로 수평 막을 뚫는다

삶이 비극적일지라도 바다는 절망을 막아주는 피난처였고 그물과의 약속을 버리지 않음에 늙은 애비를 삼킨다

소금의 향기를 남기며 아버지는 윤슬 쏟아지는 시간으로 들어가신다

달이 당연한 죽음을 지킨다

부러진 기억을 찾아 헤매는 내 뜨거운 시울, 눈물로 별을 재워 당신이 보고 싶을 때마다 나는 모래밭으로 나가고 시로 추억을 지어 미소는 시린 여음이 된다

그것은 당연한 자성子性,

외로움마저 조악한 사치로 느껴질 때면 심장이 아프지 않

아야 눈물이 흐른다

싸늘한 밤에 빗물이 수직으로 죽어가고 감정은 아름다운 문장으로 스며든다

삶을 그물에 동여맨 아버지는 육지인들에게 시가 되었다

파도를 건너면 또 하나의 파도인 것을 어부, 생의 한가운데 새겨졌을 주홍글씨, 얼마나 많은 위대한 밤들이 스러졌을까

바다는 결국 비범한 천재를 앗아갔고 먼 섬에 뱃사람의 영혼이 걸려있다

사람들이 휴식이라 부를 때,

쓰린 시간을 달래 주는 바다의 품에 안기려 내가 동쪽 바다로 들어가면 아버지의 풍경이 늙어간다

아버지를 삼킨 바다는 오늘도 흉터 한 점 없이 슬픈 만큼만 눈물을 출렁거린다

바다의 혓바닥은 피-소금 맛이다

욕정

세인들의 토포스

역으로 나에게 묵인된 로고스

그대를 거세하지 못한 구속

지시 작용은 개별성으로부터 아무것도 얻어내지 못하여 텅 빈 갈망에서 충돌하는 것처럼 불만과의 공모 관계를 유지하는 거부가 또 하나의 거부를 대상으로 하는 세상의 인간들 사이에 비난의 탕진으로 남은 기억

그 기념의 최후 별자리에 다다르기 전 헤아릴 수 없을 밤을 지새우며 모든 나뭇가지가 만들어 낸 비창의 바람

이글거리는 불빛 아래 나뭇잎 걸친 바람이 열망의 히스테리를 단절하여 숨을 고르면 날갯짓 전령사는 피막의 휘파람을 남기고 전생을 더듬어 잎 하나 피고

별들의 강

헤엄치는 육신

감미로운 기적으로 바람은 해조海潮되어 구름 싣고 별 질녘 사랑하는 그대를 향해 폐부에 묻힌 감미로운 응시로 허공에 몸부림치는 기쁨

전설이 될 너를 노래하면 기억의 메아리는 네게로 다가서는 풍경

내 삶 빈칸의 기록으로 하늘을 보며 추억을 잡으면 잔잔하게 흐르는 당신의 서사敍事

영겁의 탐닉으로 천상에 정박하여 신의 입김에 세 들어 살고 싶은 마음

여백

칠감이
필요 없을 만큼의
무색무취
비어 있는
공감일 수밖에

하지만
세상에 대한 보답으로
아름다운 공유를 해 보는
기적 같은
소중한 공감을 끌어낼 수 있을
그게 나의 책임이기에
내가 살아가는 이야기이기에

모든
담길 이유야 수많은데
거창한 자신감으로 만들어 낼 연속성 위에
아주

작은 점 하나로 시작하여
온
우주를 완성하고 싶은데

그렇게
빈 곳을 채우고 싶은
마음뿐인데

봄1

이글거리는 태양
아래
나뭇잎을 걸친 바람이
열망의 히스테리를 단절하며
숨을 고르고

전령사가 남긴 피막의 휘파람
어느새
하늘은 하얀 구름에 싸여
푸르름을 감춘다

감각 작용,
나는
몸을 놀려 흩어진 모습을 추스르고
소진해가는 고통의 대낮에
패랭이 모자를 씌운다

보상의 연속성

봄에는

존재하지 않는 것에 관한 생각으로 미치어

나 스스로를 위로한다

의미작용,

언젠가 눈물이 한줄기 소나기가 될 것임을

안다

그제야

믿음이 눈부시게 부활한다

꽃

꽃 한 송이 질 때

빗물 한줄기

두 손에 담아

이파리에 눈물로 적시어

합장으로 소원할 시

다시 내 안에서 피어날까

휘파람

자욱한 기억들
오지 않을 사람의 목소리를 부를 때
도착한 시간은 나를 가둔다
묻어둔 가슴이 슬며시 걷고
몸은 고독 되어
하늘을 향해 하릴없이 중얼거린다
외딴섬 창백한 별빛 하나 떨어질 때
안부 인사는 눈물을 생략하려 들고
나는 이별에게 악수를 청한다
얼마나 오랜 탄생 후 시인이 될까
홀로 서글프게 병들어 죽음이 내 핏줄을 잡아당겨야
나의 백골이 순리에 적응할까
생을 지우며 흘리는 은하수의 입김으로
사랑하고 싶은 그대를 향한 속삭임
눈을 감아야만 부를 수 있을 슬픈 초침처럼 가녀린
내 낭만의 속-살-빛

영혼, 나에게 말을 건네다

침묵

너와 이별한 나의 영혼 또다시 불타올라 아름다울 것임에
널 찾는 환생의 시간이 나에 대한 염려를 버릴 수 없어 떠나보냈던 내 삶의 끝자락을 닮은 추억으로
함께 지낼 수 있었던 시간을 떠올리며 감사드린다
갈림길
소리 없는 발자국 소스라치는 발자국 나의 두 눈에 금빛 노을이 물들어간다
가슴에 별 하나 담고 싶다
차라리 낮은 하늘가에 별을 던질까
하나의 선언 나에게는 기억마저 욕심이다
그대 등에 어둠이 지고 바람이 숨을 멈춘다
침묵의 발자국만 소란으로 찍힌다

비트겐슈타인의 고통을 기리며

형이상학들이 배가의 신비에 싸여있을 때
한 방울의 언어이론으로 응축시키려 했던
철학자의 처절한 몸부림

사고의 원천은
언어 속에 잠재해 있었으니
활자는 손에 닿을 다솜의 별이었으리라

플라톤의 각주에 지나지 않는 철학의 위태로움에서
나,
통렬하게 자멸하리라

분석의 외길에서 눈물로 첨망했던
비트겐슈타인의 고통을 기리며

볼룹타스Voluptas

반복되는 충동으로
아름다운 억압으로
죽어가는 시간으로
일체의 간절함으로
절대성의 함축으로
폐쇄의 심장으로
행복의 피로감으로
퇴적의 흥분으로

코기토cogito

나의 존음은 욕망으로 거듭난다

몇 번이고 뒤척이던 네 이미지는 내 마음을 가장 아른거리는 것으로 재촉하고 비극의 연애일지라도 타협하지 않을 나의 부박한 심장은 오늘도 너의 갈증을 의도한다

너의 육체는 72시간 동안 내가 떠나보낼 수 없는 욕망이며

최후의 진실

살아있는 여신의 근사치

그녀는 내 소거들 속의 한 개념이어야만 한다

내 안에 아무것도 든 것이 없건만 나는 무엇으로 무엇을 보려 하는가

나는 나의 시선으로 그대의 부재마저 지우려는 잔인함의 근거를 마련해야 한다

어둠은 내게 편견을 끌고 다니라 재촉하고 나는 기억 한 조각을 떼어 나의 심장에 박았다

이별을 담을 수 있는 방식으로 여생을 채워도 모자랄 내 사랑의 역사는 과거라는 그녀로 인해 하나의 부고로 등단한다

볕 잘 드는 괴로움이 눈물을 진지하게 만드는 법을 잘 알듯이 나는 울고 난 뒤 기도하는 따뜻함의 의미를 믿는다

나는 가끔 나의 세계가 아닌 곳에서 방황의 꿈을 꾸며 그런 날은 종일 회상조차 비밀을 간직하려 든다

두께를 알 수 있을 저울이 존재함을 전제로 꿈이 얇다면 한없이 좋으련만 부족한 나는 그저 얕은 잠이라도 건져 올리기 위해 24시간의 죽음으로 들어간다

카사블랑카, 어느 시인의 마음으로,

떠난 그녀 눈동자에 검게 색을 입히며 기억을 포도주로 밀봉한다

(나는 그날 이후 매일 꿈속 절벽에서 멈칫거리고 이젠 어떻게든 버틴다)

그리고 발견한다

내가 살 수 있을 단 한 가지 방법이 있다면 오직

그녀, 어떻게든 내 소거들 속의 한 개념이어야만 한다는 것을

꿈 - 새벽에 소녀를 만났다

파산에게 외면받은 나는 개인회생을 벗 삼아야 했다

재산이 잿더미가 되었을 때 그 쌍년이 내 실종된 표정을 보면 좋았을 텐데 그래도 책임은 손에 쥔 절박한 카타르시스 catharsis였다

지갑은 변기 그러니까 돈 그것은 다름 아닌 똥일 수밖에 그때부터 생의 단편들은 칸티안Kantian 판단 유보의 묶음이었다

나는 나의 과거에 쉴 틈 없이 고함치며 낯선 미래에 대항할 수밖에 없었고 다가오는 희망을 향해 칼날을 휘둘렀다

무책임한 슬픔은 그저 사치였다

금덩어리에 꽁꽁 묶여 깊은 바다에 빠지면 내 사체가 갈기갈기 찢기어 자식들에게 '금'의환향 되는 아비가 될 듯했다

가장 아름다웠던 때로 돌아가고 싶어 꿈을 꾸면 항상 소녀와 처음 만난 그날로 돌아간다

가장 순수한 연속성의 시간을 잊지 않으려는 나의 지속이 헛되지 않은 것이리

어쩌면 꿈은 여전히 새롭게 해석되는 내 소망의 모범 답안이다

나는 오늘 새벽에도 첫사랑 소녀를 만났고 종일 가슴을 앓았다

볼룹타스Voluptas2

녹슨 영혼 하나
그녀의 전라全裸를 파괴하려
소중한 입술의 분홍빛 침실에 숨어 들어간다

비밀스런 고독을
누구에게도 보여주려 않는데
스산한 한숨이 바람을 잠재우고
잿빛 손수건에 별을 담아
완벽한 그대 미소에 살며시 놓으면

살이 타는 밤을 지새워
베일에 가려진 그녀의 본성을 자극하고
무한한 나의 욕망은 감당할 수 없는 향기로운 숲에 사로잡힌다

순수한 공간
농익은 풍경

더 이상 담을 수 없을 에로틱의 세계에서
나의 호흡은 산들바람으로 그녀의 심장을 파고든다
그리고 그녀에게 미친 비명을 요구하는 나,

거대한 절정의 사후
상실은 우리의 몫이 아니다
깊은 샘에서 우러나는 향기
볼룹타스Voluptas의 표상으로 그녀는 나의 무덤가에 고개를 묻는다

매듭
나는 나무꾼이 되어 선녀를 아득하게 묶어두고 싶다
그녀의 절정은 안개처럼 닻을 내리고
나의 피는 그녀의 증오마저 파란빛으로 명령한다
서로에게 충실한 세계에 사는 나는 육체의 애호가
죽어서 더 사랑하고 싶다는 금기를 비석으로 세우면
신은 내게 그녀의 숲에 입김 불어 넣을 용기를 준다

이제 나는 시인이 된다
그녀의 육체를 위해서
그녀가 가질 가식의 영혼을 우주로 던져버린다

기억을 가로질러 꿈꾸면
내 모든 세포가 그녀에게로 질주한다

나는 오롯하게 그녀와의 격정적인 사랑만을 기억한다
내 혈관의 뼈에 박힌 그녀의 체취가 나의 일관성을 괴롭힌다
나의 수난은 늘 같은 공간에 존재하고 그녀는 한 번 더 치열하게 사랑받는다

거울앞에서있는앵무새처럼-이모든이야기는시인 이상李箱으로부터시작되었다

1

위조하지않았던마음이지만어쩔수없었던반복의되뇌임때문에미소의엄폐속에갈망했던육체적압박으로그녀는내꿈을지배했고나는단한번도이상李箱이아닌적이없었다

2

어찌나의양심에멱살을잡았던적이한두번이었겠는가

3

모든과거현재미래가그녀와평행선을달리고있는사태에서잠자코생의좌석에꼿꼿이허리를세울수없음이다

4

그여자(라고하기엔너무타인같아서증오한다)를잊기위해선그여자의얼굴에다른여자의얼굴을포개야하지만꾸준히그대를잊을수없음에공상마저찢고싶더라

5

현상황에서내가할수있는가장불행한실천은지금쓰고있는이시를갈기갈기찢어버리는것이고그로인해아무것도상처받지않을그사람을생각하며나의심장에스스로스르르비수를꽂는것만이세상에대한나의진심어린복수가될것임이분명하다

6

나는사느냐죽느냐죽느냐사느냐를반복적으로떠드는한마리새처럼거울앞에날카로운단도를오른손에들고서있다

계절季節-이야기 하나, 시인詩人 정지용鄭芝溶으로부터 시작되다

계절,
가슴 쪼그려 앉아

호면湖面에 하이얀 백로 한 마리
곱다랗게 미끄럼타고

아침
푸른 하늘 아래
술래잡기 도망치듯
파아란 물결 급히 헤엄친다

정오
먼바다 위
나른한 태양
슬며시 걸어오면

마음,
한종일 그대 안에 머무르다

한 수의 시詩를 위하여

나의 뇌는 허물어져 가는 헌책방
욕심은 아무도 기억하지 않는 것만
순백색으로 챙기려 하고

불쾌한 회상들로 남은 그대의 초상은
죽음 같은 잠에서 깨어
내 무의식으로 귀결되고

벽난로 속에 집어 던진 나의 자존심만이
구겨진 추억을 가슴에 새겨 넣는다

시를 짓는다는 것은
몸을 비틀어 죽은 가슴이 건네는 속삭임
그대에게 정향되어 있는 끝없는 울음
거룩한 문법이 분홍 도화지를 수놓는 행위

어찌하여 나는
친밀한 영혼이 나에게 말을 건네고 있었음을
여태껏 몰랐던가

서신

두 해에 덮인 상념들로
고즈넉이 놓여 있는 고백
내 마음은 짓눌린 고독으로
새벽을 기다리는 어두운 안개

애착의 인연은
보내지 못하는 아쉬움
내 향기 보태 날아가는,
그댈 향한
서글픈 사랑의 이력서

꿈, 행복하지 않은

죄의식 나를 통제하고 꿈조차 나를 거부한다
그녀의 목마른 입술과 눈가에 소금기가 흐른다
음울한 동화처럼 온통 내 방안이 가시나무숲으로 만들어졌다
추를 매달고 하늘로 올라간 기억이 꽃잎 하나를 입에 문 채 매서운 바람을 몰고 온다
구멍 뚫린 표피 속으로 다 타버린 산소만 스며든다
몽환의 피아노 선율에 나의 유년이 감춰진다
내가 지금 어떤 말을 할 수 있을까
글자들은 마법처럼 슬픈 어조로 변해버린 형체를 어루만져주는 시선
두려움이 내 눈꺼풀을 두드리는 순간 그녀의 실루엣마저 소멸된다
날마다 변덕스러운 꿈을 꾸었음에도 내가 전혀 행복하지 않은 이유
나는 잠에서 일어나 바깥을 욕심낸다
두꺼운 창문 외투가 벗겨지고 건너 비둘기 한 마리 푸른 지붕을 체온으로 감싼다

비스듬한

한 장의/ 희미한 빛으로 스쳐 가는/ 메마른 기억

그 가운데 멈춰져 있는/ 비밀스러운 한 사내의 계절은/ 둥근 슬픔으로/ 몸을 휘감고 서 있는데

나의 눈물은/ 짓밟힌 가슴에/ 패인 강물로 흘러/ 앓는 병자처럼/ 너로 메아리치려는 노래/ 비칠비칠한 고목 나무처럼/ 생을 다해가노니/ 마지막 남은/ 빛바랜 정열의 사랑으로/ 잠들 수 없는 내 마지막 숨통을 연명하고 싶은데/ 하지만/ 비스듬한...

입맞춤

곁에있어도
항상
그대가보고싶기에

진정

이순간에도
나의입술은
그대하이얀볼에
점하나를
찍는다.

그리고
야한메아리하나

'쪽'

고갈을 꿈꾸며

그녀는 아이디얼 페르소나ideal persona 나는 늘 그곳을 향해 있다고 생각해왔고 고갈을 꿈꾼다 하루보다 더 긴 한 시간을 기다리며 기다림의 발걸음을 단 한 발자국도 뗄 수 없다 서로 모르는 시간이 없기에 모든 예감은 구체적으로 다가오고 나는 나의 유품들을 하나씩 꺼낼 수밖에 없다 나의 영혼은 대낮부터 주정뱅이가 되어 그녀를 따라다니며 불평하고 그녀의 등 뒤에 나의 눈빛을 주입하여 생각 하나를 훔쳐낸다 하늘은 오늘도 별 하나 잃어버리지 못하고 은하수 하얀 선율은 그녀의 기억 속에 선명하게 솟아난다 살점 하나 떼어 그녀 손바닥에 문신처럼 박으면 잠든 후 어둡고 긴 숲에 심어 놓는다 그래서 멀리 더 멀리 소실될 수 있게 아무도 찾지 못하게 미지의 파라오처럼 사라질 수 있게 나는 밤의 힘으로 달빛을 두드린다 나는 영원한 시간으로 걸어간다

악몽, 아침을 깨우는 환상, 그러나

어리석게도 꼬박 일 년을 배회한다 도망친 추억의 사연을 찾겠다고 스스로 다짐한 후에 포기할까도 싶다 무언가 부딪치는 소리에 슬픈 예의를 갖춰 하늘을 보면 밤-별들이 꾸벅꾸벅 졸고 있다 나도 모르게 탄생하는 공포다 하루의 앞부분이 전혀 생각나지 않는다 가시덤불처럼 서로를 품에 안았다 신음을 잠재우는 아침은 밤의 장벽이다

불안한 새벽

알 수 없을 이별의 미래/ 색다른 느낌으로/ 엄습해오는 불안한 새벽/ 차라리 죽음이라면/ 고통 따위야 웬 참견이겠는가

머무르고 싶은,

고왔던 너의 잠든 풍경/ 어쩌면 미완성의 사랑이었을/ 지루한 기다림의 흔적

내 사랑이여,

눈물이 흐르니/ 어느 하늘 아래 누워있을/ 네 볼에 입을 맞추고/ 이제야/ 나/ 영면을 청하겠노라

낙엽

빛의 세계에서 맴도는,

부는 바람에/ 생의 결박을 당할 바에야/ 차라리 / 죽음을 창조하려

버려진 것이 아닌/ 스스로/ 나무의 추억을 버리고/ 무해의 추위를/ 지상에서 맞이하려는/ 몸부림

눈물이 내려 땅에 스며들 때, 아제야

성숙하게 홀로 뒹구는 법을/ 알아차린 너

해 질 녘/ 고요한 무덤을 산책하다

헤어짐의 뒤안길에서, 하나의 철학을 완성시키다

계획에서 느낄 수 있는 자체가 가치라면 사랑을 해야겠다고 마음먹는 순간 이미 나는 사랑에 빠진 것과 다름없다 활짝 핀 사랑이 기억을 누리고 있을 때 나는 결코 추억을 되돌릴 수 없다 상념들을 해산시키다 보면 새삼스럽게 건강한 죽음을 그리게 된다 이 간단한 생에 나는 사랑에 대한 준비를 지나치게 많이 해온 탓에 작별 인사를 맞이하는 생을 누리는 방법에 대해 전혀 알지 못한다 기쁨을 앗아갔던 날이 언제던가 삶에서 사랑을 나누면 어떤 몫을 가질 수 있을까 이별의 위협적인 시선도 불가피한 고통으로 여기면 그만인 것을 그녀와 최초의 시간은 종말의 시작이나 다름없다 쳇바퀴 같은 영겁의 지속이 전부인 나의 삶이 어디서 끝나든 밤이 지나면 언제나 새벽이 와 주었으므로 위안이 된다 불멸의 조건을 찾기 위해 입술에 달콤한 조절을 가했으니 어느 날 내 기운의 집중이 한없이 그녀에게 침잠되어 있었음을 미래의 그녀가 짐작하고도 남을 것이다 내가 소원을 이뤄 남자가 되었을 때 갑작스러운 그녀와의 이별은 그다지 놀랄 일이 되지 못한다 속마음이 오직 정욕으로 넘쳐 있음을 간파한 뒤라 내 천성의 적인 배려 따위의 무존재에 환멸을 느낀 그녀에게 더 이상 바랄 것 없고 건네던 모든 서약의 무의미만이 방자하게 내 주위에 널브러진다 차라리 적나라한 규범이 있어 그녀에게 완벽한 시간을 쏟으려는 나의 노력에 손을 들어주었으면 좋겠다 나의 결점은 오직 지나치게 그녀에게만 정향되어 있는 예의 때문이며 온 상상의 힘이 그녀를 힘들게 한다는 자책을 나 스스로 수다하게 한다는 것이다 내 자존심에 채찍을 가하는 날이 올 것이라는 기대를 하지 않지만 언젠가 그녀 때문에 단호한 심장으로 명예롭게 죽을 수 있음을 하늘에 맹세한다 비록 훗날 내 인생이 볼품없는 존재로 증명된다 해도 가장 관대한 패자로서 기록될 수 있다면 그것으로 만족할 것이다 정념을 언어로 끄집어낼 수 있다는 것만으로도 나는 실패자가 아니다 점점 미소가 굳는다 살점이 고통으로 부풀어 오른다 내 가슴이 얼마나 뜨거운 감각까지 알아차릴 수 있는지 그녀는 모른다 어둠이 내 시야를 덮치고 수치심은 나를 죽인다 비아스(Bias)가 말한다 인간은 대부분 악하다 행위인가 사고인가 모방 가장 근원은 무엇인가 나는 예전 방식을 조롱한다 드디어 환한 근심이 나의 혈관에 박힌다

죽음을 배운다는 것

이 복잡한 생에서 나의 사랑은 늘 미완성이다 내 부족함이 나를 속일 수만 있다면 단 한 순간도 아름답지 않은 날이 없을 것이다 키스라는 특별한 지위를 부여받은 나의 혀가 그녀를 만족시킬 수 있을 만큼 노력을 했는지의 여부 따위는 중요하지 않다 그녀 스스로 나에 대한 흥분을 감추지 않았다면 그것으로 족하기 때문이다 내가 가져야 할 것 그녀가 가져야 할 것은 오직 입맞춤이라는 철자에 관한 것이었으니 왜냐하면 이 둘만의 육지에서 반드시 행해야 할 것이 그에 다름 아니기 때문이다 내가 바란 건 오직 아무 향기가 나지 않는 그녀의 정갈함 상상해 보면 짜릿함만 남을 뿐 속된 마음 하나 생기지 않는다 붉은 루주에 흥미를 갖지 않는 나는 두 눈에 생채기가 날까 그녀 곁에서 벗어나려 해 본 적 없다 이별 후 늘 헤어진 다음 날의 연속 스스로 죽으려 함에 누구도 날 비난할 자 없다 죽음을 기다리는 것처럼 부자연스러운 삶이 없다 표정 없는 미소로 죽어간다는 건 가장 의미 없게 떠나는 사태다 시간이 나를 공격할 때 방어할 여력이 없는 그런 바보 같은 내가 되고 싶지 않다 아무런 상관없는 죽음이 어디에 살고 있을까 가장 불확실한 것이야말로 가장 확실한 것으로 보장되는 세상에 인간보다 더 가련한 존재가 또 있을까 그녀와 헤어지게 된다는 결정론이 나로 하여 그녀에게 다가가게 애씀이다 주어진 것처럼 매력 없는 존재가 또 어디에 있을까 사랑이라는 이름 그녀와 나의 행위 밖에 있는 이데아 사랑을 하지 않는다는 것은 내 삶을 감추는 행위 그저 죽음을 배워나가는 길 위에 서 있음과 다를 바 없다 그것은 보편적 동의도 요구되지 않는 선행이다 죽음이란 삼차원에서의 마지막을 알리는 고요한 명성(kudos)이다 스스로 죽을 수 있다는 것은 살아가며 하나의 위업을 쌓는다는 의미이다 계략이 될 수 없는 신성한 탈피 그것은 가장 위험한 경지에 다다르려는 시도로서 존중받아야 마땅하다 세네카의 일갈 훌륭한 행동의 보상은 행했다는 사실이다 죽음을 배운다는 것은 내가 죽기 위한 명예와 영광을 오롯하게 겪는 하나의 증명이다 죽음을 배운다는 것 그게 삶이다 오늘 하나의 인간이 죽음을 배우고 있다 홀로 남아 장렬하게 죽어가는 나

숨, 그녀에게로 향한 계절

나는 바람을 호흡하는 궁핍한 계절
의자에 앉아 꺼져 가는 촛불을 마음에 담는다

마땅하게 할 일 없는,

나보다 먼저 세상에 태어나 우쭐거리는 길을 밟으며
자연을 투정하는 어린아이가 되고 싶다

7월에 가질 수 있을 권리
단 한 번도 낭비하지 못했던 기대를 힘껏 모아
내 남은 사랑을 부양하리라 마음먹는다

미래의 무게가 나를 짓누르고
무지개가 낙하하는 지점을 향해
눈짓하는
자연스러운 감각으로 다가가려 애쓴다

모든 주어진 행복한 것들을

감당해낼 수 없는 능력을 부여해준

하늘에 감사하며 야한 욕망 하나를 가슴에 품는다

페르소나

기억의 대열에서 살아남으려는 생각들이 나의 뇌에 시비를 걸고,

아름다움과 환희의 육체
내게는 항상 네게로 가고픈 욕망으로
널 갖기 위해 얼마나 많은 눈물이 필요한지 너는 모르리

어제와 같은 생각들로 사무친 네 숨소리는
어딘가에서 나에 대한 그리움으로 다시 돌아올 얘기들에 대한 착각에 빠져들게 하는데
어떤 생각을 하며 있을 너의 그 생각을 예상하고 그 생각을 들으려는 나,
더 이상 잃을 것 무엇이랴

살며시 미소 짓는 나를 네 눈동자에 담아 처음 이별했던 겨울날 그 자리에 되돌려 놓으면
네 슬픔이 빗물에 잠겨 겨울날 내릴 뜨거운 햇살에 증발하

여 함께 할,

우리의 봄날로 남겨질 수 있을까

널 사랑했던 얘기를 내 꿈에서 너에게 건넬 수 있다면,

비록 감추려 했던 그리운 시간을 지워지지 않게 끄집어내어 간직할 수 있을까

황홀한 나르시시즘에 젖어 든 나의 시선

선재하는 심리적 조건인 내 모든 기억은

가슴 터질 듯 가장 순수하고 겹차적인 본능

미적 직관에로의 명백성에 담보된 신비스러운 소우주로의 탐닉

조화로운 유기체로서의 너에 대한 끈질긴 구애

깊어질수록 알 수 없는 세상에서 가장 진지한 테마

오직 명사로서 존재하는 모든 피-수식어들을 거부하는 내 사랑

그렇게, 너는 내게 다가오는 영원한 사십 대 중반의 페르소나이자 생생한 신비

신비, 보이지 않음으로

그대는 무엇을 보려고 하는가

그대는
그대의 시선으로 타자의 부재를 소거하려 드는가

보이는 것이야말로 세계에 포착된 즉자로 존재하는 것이니 그대, 보려 말고 느끼려 들라

그대의 사고는 잠들어 있는 사태를 깨우고
말로 설명될 수 없는 것들에 스스로 의미를 부여하니
진리는 오직 그대의 세계에서만 가능하게 되리라

나는 이 자리에서 감히
르네 데카르트의 생각된 몸이 아닌,
메를로 퐁티의 '살' 개념으로 덤비노니
모든 부딪치는 것들은
그저 내게 하나의 예단 될 감각으로 다가올 것이며

그것은 보이지 않는 침묵의 구조에서 벗어난
우리의 사고를 대상의 가장자리로 굴착시켜
항상 감지 가능한 세계 내 존재로 환원시키리라
그리하여
그대는 신비에 대해 말할 수 있는 자격을 부여받으라

아니짜 -변하고, 변하고, 변한다

빈 곳
역설적인,
무-존재의 지각

정지된 시각
니르바나의 공간
날란다

허무의 세상
한 점의 붓
나는 무념무상의 은자

하지만
거스를 수 없는,

아니짜

별바라기

별이 빛나는 밤을

소유했을

소소한 행복

해후

다만

이곳 눈이 차마 녹지 않은

이유는

오래 숨어지낸

저 햇빛의 낯섦 탓이겠지

낙조, 그 눈부신 섬의

나절, 비추며
짜릿하게 손잡아
흔들리는 바람과 추위의 매서움에도
온기로 주위를 데우다가
저 언덕 너머 살던 곳으로
안녕일지라도
머물던 손바닥과 입술의 감촉마저
떠나가게 할 수 없는
낙조, 그 눈부신 섬의

두 개의 밤

시간
기억으로 침잠된 질투의 기록
신께서 내 누울 자리에 안겨질 안성맞춤인 것으로
알아차리셨을

쾌락의 참회
고통의 참회

온 기억을 한 장면으로 명경에 드러낼 수 있다면 작은 부끄럼조차 차치할 수 있음을
내 진정성으로 회귀 될 수 있을 거라는 그 수다한 세월 후를 기약하기 위해
얼마나 숱한 거짓을 일삼아 왔는지
너에 대한 나의 모든 질투는 부질없는 어깃장이며 낡아빠진 고독의 감상

나는 왜 너에 대한 사랑을 외우려고만 했던가

위로받고 싶어 하늘을 향하여 토로했던

늘 고독을 추구했을 내 탄식의 청춘이야

'M'을 만났었기에 초과의 사랑에 미칠 수 없었던 오롯한 서사

헤어짐은 곧 나에게 죽음일 것이라는 가장 서글픈 다짐의 가장 그럴듯한 숨죽임을 쫓아 견뎌왔기에

이제야

움푹 팬 관자놀이에 애증의 육혈포를 겨눌 수 있을 가장 무서울 듯한 선택

그 누구에게도 내 단 한 점의 핏방울도 튕기지 않을

그리하여

사느냐 죽느냐, 죽느냐 사느냐 그 두 개의 결단이 요구되는 어둠

땅에 스며들어 녹아 사라져갈 나를 위시한 모든 숨죽이는 것들

별 아래에서

계절의 끝에 함께 서 있던 위대한 시간의 여정
하늘을 보며 성경을 읊조리면 어느새 황혼이 넘어가고
저마다의 심장은 성스러운 박동으로 지상에 다가서는데,
괜히 별이 되고 싶을 때가 있어
당신의 이름을 새길 때마다 한 폭의 강물을 지나 하늘가 중력을 견디는 불빛으로 사는 것도 폼나거든.
햇볕이 그늘 안으로 몸을 숨기면 하늘은 잠을 청하려고 구름을 덮었지
어둠 땅으로 번지면 희미해지는 마음 되어 나는 점점 적막 속으로 뒷걸음치고 유성 하나 사선으로 미끄러진다
라디오에선,
지난밤 못 잊을 사람 하나 없이 자신을 위해 돈을 팔던 여자가 몸을 절반으로 굽힌 채 영도다리 아래 강물 같은 바다가 되었고
이름표 없을 아이가 뱃속에서 울었다
때맞춰 죽음을 열망하던 빗자국들은 새벽부터 수만 개의 무덤을 만들었고 고드름마냥 낙하하는 빗물에 나도 더 이상

처마 끝 눈물이 싫어 하품을 새긴다

빗방울 하나가 손등에 죽어갈 때,

꿈은 날마다 만삭의 기억을 데려가고 추억의 다음 장면에 아무도 등장하지 않는다

삶에 더 이상의 설렘이 지워지기 전, 기다림의 틈에 앉아 조용히 눈물 흘리면 시간의 끝은 반드시 오겠지

미소는 상실을 위해 존재하고 낯선 비명들로 시간을 낚는 모든 공간은 카르마가 된다

기다림에는 마지막이 없다

어떤 에세이

마무리 후 펜을 내려놓을 때면

내가 묘사하지 못한

것

덧없이 사라지고 만 것이 있다는 진실을 깨닫는다

삶을 붙잡아두는 감각 경험을 충실하게 기록하는

것

그 이상의 무엇인가를 요구하게 된다

내가 본 것을 나열한 글은 예술이 되지 못한다

이제 나는 그저 지나쳤던 것들에 관심을 가지기 시작할 것이며 사랑했던 사람에게로의 내 변화무쌍한 위선에 대해 이전에 아픔을 느끼리라 생각지도 못했던 상황으로부터 밀려오는 쑥스러운 슬픔에 가라앉고 만다

때로는 그저 지나치는 것이 더 아름다운 여적이 되니 돌아

선 사람들의 서늘한 미소에 그녀를 사랑했던

아니

다시 사랑하고 싶어 이렇게 보잘것없는 나의 글을 다시 들이민다

비록 예전의 그녀에게 건넬 수 없겠지만 하나의 시는 이렇게 다시 시작된다

지상에서 가장 아름다운–격려의 글

감각을 재료로 하여
풍경을 만들어 낸
그 느낌으로
상상의 세계로
여행을 떠나간다.
다양한 색채들에서
풀어져 나온 물감이
공백의 무대 위에서
푸른 물결 춤을 추고
마법에 걸린 선택받은
활자들의 배열로
촘촘히 채워나간다.
저녁노을의 눈빛과
바람의 손에 이끌려
태양을 마주할 때
그 순간이란 얼마나
아름답고 황홀한가!

'지상에서 가장 아름다운'
은유를 만났을 때 비로소 진정 자유로워짐을....

유난히 마음에 와닿는 문장
'지상에서 가장 아름다운'
후배의 글을 이른 아침 읽으며...
좋은 하루가 열리는 지금
이 순간!

글로 세상과 소통하며
아름다운 마음으로
소외층과 같은 보폭으로
걸어가는 세상, 그것이
우리가 꿈꾸는 평등한
세상으로 가는 길임을

미국에서 M.R. Ghimm

여운 시餘韻詩(revised version)–'지상에서 가장 아름다운'의 답가

그대를 알게 된 후

희미해질 뒷모습에 기억을 돋우니 시월의 가슴에 손을 얹은 채 지상에서 가장 아름다운 그대의 머리카락이 노을에 불타는 것을 볼 때마다 나는 묻고자 했던 모든 의심들을 고친다

너의 마음을 신청하면 나의 음악이 흐를까

낮은 밤이 되고 밤은 낮이 되었으면 싶을 내 욕심 어느 커피 색깔로 앉아있을 네 모습에 세상의 모든 사연은 추억으로 변하고 비 내리는 모습의 그림으로 다가올 것 같은 수줍은 하늘

만지작거리려 손 내미는 시든 꽃다발은 추억의 생채기 그대 등에 못다 내려진 아픔이 업혔고 두드리다 만 피아노 건반 위 하이얀 손 기어이 오늘조차 변하지 못할 나의 시로 미소를 짓고 너로 인해 두근거리는 별 너로 인해 흐리게 더듬어지는 별 너로 인해 죽어가는 별

가을이 내리고 꽃잎이 스러져 자기 자리에 가라앉으면 차례차례 색깔의 나이를 걸친 그 낙엽들은 스스로 포박하여 예쁜 보금자리를 꾸밀 것이다

슬플 것 무엇이랴

저 먼 지평선에 새로 올 봄빛을 꿈꾸어 뽀얀 공기 중에 떠다니는 '사랑'이라는 리듬을 손끝에 놓아 아름다운 회한으로 서성거리면 그 희미한 시간마저, 무르익은 체온으로 다가올 기억 검은 하늘색만큼이나 젖어있는 나의 눈망울 그대만을 사랑했던 가장 소소한 가능성 믿음의 내부에 남겨진 녹슨 애증의 칼날 나의 여운은 네가 존재했던 상실의 시간으로 들어간다

내 모든 계절의 끝에 매달려 추억으로 녹는 시간은 아픈 기억의 마몽魔夢 눈물이 수직으로 죽어가는 밤 오만으로 너를 품으며 한 모금의 시린 결별을 삼킨다 아직도 갈망을 입히어 빗물로 목을 축인다 여음餘音이 쓰다

헤르만 헤세를 기리며

조용한 세상에서 혹사된 정신을 경험한 적 있었던가 내 변화무쌍했던 위선 탓에 군중을 피하여 나는 심장으로부터 각혈을 토해낸다 언제부턴가 불운하게도 기억에서 꾸지람이라는 게 사라졌다 절박하게 돌보았던 눈빛이 회색 아쉬움으로 지나간다 미소에 근육이 존재한다면 '미소'라는 개념에 종지부를 찍을지 모를 일이다 밤이 되면 차가운 공기가 땅으로 곤두박질치고 나는 뜨거운 폐로 받아들이며 아픔으로 쩔쩔맨다 몸살은 결정론적 접근으로 내게 다가온 후에야 허리를 앓고 아침 햇살을 벗 삼아 달아난다 나는 어깨를 젖히고 목을 뒤로하여 턱을 위로 당기면서 시선을 천장 모서리에 꽂혀 있는 하이얀 빗줄로 향한다 나는 골드문트 드디어 봄의 첫 심장 박동은 겨울의 마지막 숨결을 존중하여 그녀에게 정향된 가느다란 연민에 영혼을 꽃 피워 작은 종이 무덤 위에 기리는 환희의 노래 나는 나르치스 찬란하고 풍요로운 어휘를 기억 속에 저장해두었다가 어느 날 바깥세상의 푸르고 싱싱한 들판 위에 화사한 꽃과 별을 위해 아름다운 날이 그랬던 것처럼 자음과 모음이 만난 은유의 화사한 웃음을 골고루 뿌린 탓에 그리하여 인류의 가장 최후에 남아야 할 것은 바로 화려한 여름에 질주하는 한 떨기 시

낡은 서랍 속의 시간

그날 소녀는 참 많이도 눈물을 흘렸다 그 아인 울음을 그치지 못했고 난 그냥 쳐다보기만 했고 반 아이들은 킥킥 웃어만 대었다 그때 우리에게 낯선 상황이란 존재하지 않았고 나는 그저 나의 여덟 살 인생의 나에게 최선을 다했을 뿐이다 억압된 기억이 나라는 존재를 감싸고 있음을 알아차렸을 무렵 그제야 투명한 눈망울의 소녀가 우주에서 제일 예뻤고 아주 가까워질 먼 곳을 향해 함께 가고 싶었던 나는 오랜 시간을 소녀 곁에서 맴돌았다 눈빛의 두런거림도 낭만이었던 우리의 스무 살 사고와 분리되지 않는 언어를 깨달은 이후 방대한 기적을 꿈꾸며 그녀의 마음이 내 품에 들어오기만을 기다렸고 내 감각 사이트는 오롯이 다 커버린 소녀의 몸짓을 확인하고 검색하는 데 집중할 수밖에 없었다 산문에 틈이 생긴다는 건 비언어적 시가 될 수밖에 없었고 곧 이별을 의미했다 나의 사랑이 슬럼프에 빠져 한참을 헤맬 때 우연히 내 방 한구석 낡은 서랍을 뒤졌다 보내지 못한 한 통의 서신 그것은 내 연애의 계보학이었고 십오 행의 발라드로 꾸며진 서사문학, 정향되지 못한 목소리, 실패를 예견하고 있었으니 나의 모든 생활이 한 사람을 위한 마음이었음에도 시간은 그저 묘지로 향하고 있었음을 알아차렸다 세월이 흘러 나의 복원되지 못할 늦된 사춘기를 생각하면 새삼 강렬한 삶의 기호들이 떠오른다 그리하여 한때 그녀를 오만스럽게도 그저 나의 것으로 여겼고 그녀의 남자로 죽어도 좋았기에 내 인생의 결승점을 놓고 하나의 당선작으로 남을 그 시간들

단맛의 바람

빛 속에 두 눈을 감은 것처럼

어두운 희미함

경이로움을 간직한 채 고립되고 싶은 음악이

내게 그녀를 사랑했던 날들과 어울리듯

왼손 검지와 중지 사이에 갇힌

담배 한 모금이

내게 안성맞춤인 시각

세상의 모든 뿌연 것들이

내게 설치 미술로

다가온다

Loving crescent moon

A faded shade that can't be darkness
waiting for the breeze that's gone
lone alley left alone after exhaustion of memories
although it's unfamiliar now
the lonely child goes over the hill to the forest
the nest was already weak and child couldn't get out of his mom's arms

'll never come back

but the voice that feels like it's going to come back
a kid who stayed up all night at dawn
put a noisy tired face behind him
he lost his heart in the alley that he just left
where there's no trace
when the word 'longing' turns into a poem, it fills the front yard in winter

시월애始月愛

어둠이 될 수 없을 빛바랜 그늘

떠나간 봄바람을 기다리며

기억의 소진 끝에 홀로 남겨진 쓸쓸한 골목

이젠 낯설기만 한,

쓸쓸한 아이는 언덕 너머 숲으로 향하고

보금자리는 어느덧 쇠약해져 엄마의 품에서 벗어날 수 없었다

돌아올 수 없을

하지만 다시 돌아올 것 같은 목소리

동이 트면 밤을 꼬박 지새운 아이는

소란스레 피곤해진 얼굴을 뒤로 하고

방금 떠나온 골목에 마음을 잡혔다

남아있지 않을 흔적

보고픔이 시詩로 변하면 앞마당에 들어차는 동冬

abandoned words

wishing I were dead, because of missing you so much
being want to waste my time in the most useful way
the owner of my winter, she whom I'm looking forward to
love that should have been a mission
all the cities hurry up and return home
when being changed the night of Seoul into the moon of Jeju,
the child's parting became a tears

when a mysterious spider web is created under the sky
it only rains in summer
it only snows in winter
calluses got stuck in my wait, and now I'm always alone and holding out

bloody muscles

폐기된 언어

너무 그리워 차라리 죽었으면 싶을
가장 쓸모 있게 시간을 낭비하고 싶은,
늘 예감이 기대되는 내 겨울의 주인은 그녀

사명使命이 되어야 했을 사랑
모든 도시가 귀향을 서두르며
서울의 밤을 제주의 달로 갈아입을 때

아이의 별別은 눈물이 되었다

하늘 아래 신비의 거미줄이 드리워지면
긴 여름에 목비 내리기만
긴 겨울에 눈 내리기만
기다림에 굳은살이 박여 이젠 늘 혼자 되어 버티고 있는

핏빛 근육

On the road to Hwangtohyeon

If binding the memories that were left at the end of the season

the hill that crosses alone is a view left as a season of prickly one

the wind of blood spitting is the trace of disappearing clearest in the world with the sun of discharging blood

putting stars to sleep with tears

the edge of an eyelid is getting hot

I want to go to the sun that makes me blind

praying so that I can burn my heart

loneliness is a crude luxury

whenever I miss you, the breath that is dying walks towards my heart

as our breakup approaches, being away from each other enough to be patient

for the revolution, you wielded an ax

what did you dream of beyond the change

황토현 길목에서

계절의 끝에 남아있던 추억을 포박하면

홀로 넘는 재는 가시에 찔린 계절로 남겨진 비경悲境

각혈하는 바람은 하혈하는 해를 업어 세상에서 가장 맑게 사라질 흔적

눈물로 별을 재워

내 뜨거운 눈시울

차라리 두 눈멀게 바라볼 수 있을 태양으로

마음 타-들어가길 기도하는

외로움은 조악한 사치

그대가 보고 싶을 때마다 죽어갈 숨은 나의 심장으로 걸어오고

우리의 이별이 다가올수록, 견딜 수 있을 만큼 떨어져 있기를

혁명을 위해 그대는 도刀를 휘두르고

변화 너머 무엇을 꿈꾸었는가

a shower howled like a waterfall in the hill, so the sun-light didn't come all day long

my memory remains broken time

vertically dying tears at night

stubborn eyes

the smile for you is a cold aftertaste

the gray heart that murmurs even with a single wind

emotion that have been deleted, by the wat

when we cross a mountain, another mountain appears

and so

I'm just pathetic, It can't be as sad as your life

grass leaves that can't bloom in the harsh winter

equal. words that would have been engraved in the mid-dle of life

a mountain covered with white, a mountain covered with bamboo trees

the mind resists injustice, and the shattered dream is clearly covered with scars

the place where lost grassroots walked around

the land that swallowed the sound

a blacksmith holding a flag is dying

구릉엔 소나기가 폭포처럼 울부짖어 온종일 빛 고이지 않았고
기억은 부러진 시간으로 남아
눈물이 수직으로 죽어가는 밤
고집스러운 눈동자
그댈 향한 미소는 시린 여음餘音
단 한 점의 바람에도 중얼거리는 잿빛 마음
아름다운 문장으로 삭제된 감정, 하지만
산을 건너면 또 하나의 산인 것을
그리하여
나는 가련할 뿐, 당신의 인생만큼 슬플 수 없음을
혹독한 겨울 속 피어나지 못할 풀잎
평등, 한 생의 가운데 새겨졌을 단어

기백산起白山 좌죽산座竹山

정신은 불의에 항거하고 조각난 꿈은 선명하게 덧칠된 상처
길 잃은 민초들이 걸어갔던,
소리를 삼킨 땅
깃발 든 대장장이 하나 죽어 나가고

lean on the bamboo spear
bloody winds climb the mountain like a cruel funeral march
how many great nights have disappeared
so that we can fall asleep with new love on your sad heart
wearing new straw shoes
general Mung bean,
if there's a beautiful reason
because of not ignoring promises with sky
where in the world is the ultimate truth just like that
with the fate that will be the end of waiting
the pain that won't be erased from the beginning to the end
as if you understand everything because you're the one who smiled
where does the time you really miss exist,
as much as you hang your neck against the wind
a small giant who would have cried as if all the sadness was his share
justice waking up before the sun rises.

죽창 한 소절에 기대어
피바람은 잔인한 장송곡으로 산에 오른다

얼마나 많은 위대한 밤들이 스러졌을까
서러운 가슴에 새로운 사랑으로 잠들 수 있게

짚세기 고쳐 신고
녹두,
아름다운 이유가 존재한다면
하늘과의 약속을 버리지 않음에
그처럼 초-절정의 진실이 세상에 또 있을까,
기다림의 끝이 될 운명으로
처음부터 나중까지 지워지지 않고 참아낼 고통

미소 지었을 그대라서 모든 게 이해되듯

진정 그리운 시간이란 어디에 존재하는지,
바람에도 목을 매달만큼
모든 슬픔을 자기 몫인 양 울었을 작은 거인

정의正義는 여명黎明 전에 기침起寢하여

because the will of all the people is alive

to pay tribute to the dead in the year of Gabo

I, again

going into the Hwangtohyeon

모든 군도群道가 살아있음으로

갑오년의 사자死者에게 헌사를 바치기 위해

나, 다시

황토현黃土峴으로 들어가다

Is my instinct an example

Accepting all men is my secret pleasure

I twisted my body like a beast because of my humble desire to recover my orgasm which would

remain in my body

if I take out the masochism hidden in me among the men who covet whispers and describe a pathological de–scription that I want to be despised, it was my body that was being robbed without hesitation by men

my waist shouldn't have tired even with their muscles that didn't fade for a long time the days

I spent in the back street were the best mercy of my life

all the other people's places

as if nothing happened after the vulgar labor that won't exist in the future I comforted myself that I was getting the benefit of love every day

I could miserable hear sound of wandering soul and the

나의 본능도 하나의 사례일까

뭇 남성들을 받아들이려는 나의 본능은 비밀스러운 향락

낡고 바래진 몸뚱어리에도 남아있을 오르가슴을 회복하고 싶은 미친한 욕구에 나는 짐승처럼 몸을

비틀었다

질퍽질fuck의 속삭임을 탐하는 남정네들 사이에서 내게 숨어 있던 마조히즘을 꺼내 업신여겨지고 싶은 병적 묘사를 하면, 어느새 사내들에게 거침없이 깨지고 있는 나의 육신이었다

긴 시간 동안 사그라지지 않는 그들의 근육에도 나의 허리는 힘들지 않아야 했다

전농동 뒷골목에서 보낸 날들은 내 생애 최고의 자비였다

모든 타인의 처소,

미래 없을 천박한 노동이 끝나고 나면 아무 일도 없었던 것처럼 나는 매일 사랑이라는 혜택을 얻는 것이라고 스스로 달랬다

유목하는 영혼의 소리가 비참하게 들리고 모든 물리적 법

universe of all physical laws has stopped

but

because it's worth keeping the scars left by beautiful de-struction I was happy even if alcohol penetrated my blood vessels

even if it was a humble life, I wanted to leave a lingering imagery

I always have a question, believing in gestures as a com-mon language

Wittgenstein wrote "The world is everything that is the case" in 『Logisch-philosophisch Abhandlung』

if so, invisible, an invisible instinct?

will I be able to live if it's interpreted

칙의 우주가 멈춰버렸다

하지만

아름다운 파괴로 남겨진 상처도 간직할만하기에 주어酒語로 취하는 혈관에 나는 행복했다

사소한 생일 수 있지만, 여운이라도 흩뿌리고 싶었다

공통어로서의 몸짓을 믿는 난 늘 지적知的으로 궁금한 게 하나 있다

비트겐슈타인Wittgenstein은 『논고』에 "세상은 모든 사례다(The world is everything that is the case)"라고 썼다

그럼, 보이지 않는, 않을 본능은?

해석되어야 내가 살 수 있을 것 같다

Fallen leaves

Hovering in the world of light

in the wind
rather than being bound by life
in preference
to create death

being not abandoned
for oneself
forgetting about the tree's memories
coldness without harm
to welcome it on the ground
struggle

when tears come down and permeate the ground, my beloved little brother

how to roll on your own maturely

낙엽

빛의 세계에서 맴도는,

부는 바람에
생의 결박을 당할 바에야
차라리
죽음을 창조하려

버려진 것이 아닌
스스로
나무의 추억을 버리고
무해의 추위를
지상에서 맞이하려는
몸부림

눈물이 내려 땅에 스며들 때, 아제야

성숙하게 홀로 뒹구는 법을

you finally notice it

at sunset

I take a walk by the quiet grave

알아차린 너

해 질 녘

고요한 무덤을 산책하다

If I can forget about you for just only a day

There's no place to put my thoughts alone

a stone that pours into the sea

across the curtain of the setting landscape

drawing a line under the lonely semicircle

the sun falls like a swaying light

having a hard time because of breathing

darkness permeating the edge of your skin

therefore

like the sadness of a strange street

a drop of tears that are unknown meaning

단 하루만이라도 그대를 잊고 살 수 있다면

홀로 황량한 생각 둘 곳 없어

해원에 퍼붓는 돌팔매 하나

지는 풍경의 장막 건너

고독한 반원 아래 선 하나 그으면

해는 출렁이는 빛으로 떨어져

제 숨결에 겨워 스러지고

살 가장자리에 스며든 어둠

그리하여

낯선 거리의 아쉬움처럼

까닭 모를 눈물 한 방울

flower

when a flower flows

a stream of rainwater

put it in my hands

wetting the leaves with tears

when I pray with my hands together

will it bloom in my heart again

꽃

꽃 한 송이 질 때

빗물 한줄기

두 손에 담아

이파리에 눈물로 적시어

합장으로 소원할 시

다시 내 안에서 피어날까

In honor of Wittgenstein's suffering

When metaphysics are covered in mystery
being had tried to condense it with a drop of language theory
the desperate struggle of a philosopher

the source of thoughts
being hidden in the language
the writing would have been a loving star to be grabbed by

in the danger of the philosophy that is Plato's footnotes
I
'll die heroically

being cried and fought on the path of analysis
in honor of Wittgenstein's suffering

비트겐슈타인의 고통을 기리며

형이상학들이 배가의 신비에 싸여있을 때
한 방울의 언어이론으로 응축시키려 했던

철학자의 처절한 몸부림

사고의 원천은
언어 속에 잠재해 있었으니
활자는 손에 닿을 다솜의 별이었으리라

플라톤의 각주에 지나지 않는 철학의 위태로움에서
나,
통렬하게 자멸하리라

분석의 외길에서 눈물로 첨망했던
비트겐슈타인의 고통을 기리며

An anxious dawn

Unknown future of parting

feeling different

an uneasy dawn that comes over

If that's death

why does suffering interfering

I want to stay,

your sleeping scenery was so beautiful

maybe it was incomplete love affair

boring traces of waiting

be my love,

when my tears flow

lying under a sky

after I kiss your cheek

불안한 새벽

알 수 없을 이별의 미래
색다른 느낌으로
엄습해오는 불안한 새벽
차라리 죽음이라면
고통 따위야 웬 참견이겠는가

머무르고 싶은,

고왔던 너의 잠든 풍경
어쩌면 미완성의 사랑이었을
지루한 기다림의 흔적

내 사랑이여,

눈물이 흐르니
어느 하늘 아래 누워있을
네 볼에 입을 맞추고

now

I

am willing to die

이제야

나

영면을 청하겠노라

Epistle

With the thoughts covered in two years
confession with silence
my heart is in a depressed state of solitude
a dark fog waiting for dawn

fatality of attachment
is regret that I can't let you go
adding my scent and flying away
for you
a sad resume of love

서신

두 해에 덮인 상념들로
고즈넉이 놓여 있는 고백
내 마음은 짓눌린 고독으로
새벽을 기다리는 어두운 안개

애착의 인연은
보내지 못하는 아쉬움
내 향기 보태 날아가는,
그댈 향한
서글픈 사랑의 이력서

Oblique

One picture
a faint light that passes by
Cold-hearted memories

in the middle of that, it's stopped
the season of a secret man
was becoming a round sadness
and was standing with body wrapped around him

my tears
in trampled heart
flowing into the river
like a sick person who is suffering
a song that is going to echo for you
like a tottering old tree
be confronting demise
the last one left

비스듬한

한 장의
희미한 빛으로 스쳐 가는
메마른 기억

그 가운데 멈춰져 있는
비밀스러운 한 사내의 계절은
둥근 슬픔으로
몸을 휘감고 서 있는데

나의 눈물은
짓밟힌 가슴에
패인 강물로 흘러
앓는 병자처럼
너로 메아리치려는 노래
비칠비칠한 고목 나무처럼
생을 다해가노니
마지막 남은

with the love of faded passion

I want to survive my last breath that I can't fall asleep

nevertheless

oblique...

빛바랜 정열의 사랑으로

잠들 수 없는 내 마지막 숨통을 연명하고 싶은데

하지만

비스듬한…

Kiss

Even if I'm by your side

always

because I miss you

truly

even at this moment

my lips

on your white cheeks

a dot

mark.

and

a racy echo

'smack (a kiss)'

입맞춤

곁에있어도

항상

그대가보고싶기에

진정

이순간에도

나의입술은

그대하이얀볼에

점하나를

찍는다.

그리고

야한메아리하나

'쪽'

Anitya –it changes, changes, changes

A blank space

paradoxical

perception of non–existence

stopped time

space in Nirvana

Nalanda

the world of futility

a dot of brush

I am a recluse, free thinking and thoughts

but

being can't go against it

Anitya

아니짜 -변하고, 변하고, 변한다

빈 곳
역설적인,
무-존재의 지각

정지된 시각
니르바나의 공간
날란다

허무의 세상
한 점의 붓
나는 무념무상의 은자

하지만
거스를 수 없는,

아니짜

Persona

The thoughts of trying to survive in the ranks of memories are picking a fight my brain,

the body of beauty and joy
to me, always with the desire to go to you
you don't know how much tears I need to love you

the sound of your breath filled with thoughts like yesterday
it makes me fall into the illusion of stories that will come back with longing for me somewhere
I'm trying to anticipate what you're thinking and listen to them,
what more do I have to lose

if I put myself smiling gently in your eyes and put it back where I first broke up in the winter

페르소나

기억의 대열에서 살아남으려는 생각들이 나의 뇌에 시비를 걸고,

아름다움과 환희의 육체
내게는 항상 네게로 가고픈 욕망으로
널 갖기 위해 얼마나 많은 눈물이 필요한지 너는 모르리

어제와 같은 생각들로 사무친 네 숨소리는

어딘가에서 나에 대한 그리움으로 다시 돌아올 얘기들에 대한 착각에 빠져들게 하는데
어떤 생각을 하며 있을 너의 그 생각을 예상하고 그 생각을 들으려는 나,
더 이상 잃을 것 무엇이랴

살며시 미소 짓는 나를 네 눈동자에 담아 처음 이별했던 겨울날 그 자리에 되돌려 놓으면

your sadness will be submerged in rain and evaporated by the hot sunlight that will fall in winter and to be with me,

will it be left as our spring day

if I can share the story of loving you in my dream,

even though I tried to hide my longing times, can I take them out and keep them forever

my gaze soaked in ecstatic narcissism

all my memories, which are psychological conditions that is a pre-existing

the purest and most overlapping instinct that My heart is about to explode

indulging in a mysterious microcosm guaranteed by the clarity of aesthetic intuition

persistent courtship for you as a harmonious organism

The deeper. it gets, the more serious the theme in the world is

My love that rejects all the blood-translated words that

네 슬픔이 빗물에 잠겨 겨울날 내릴 뜨거운 햇살에 증발하여 함께 할,

우리의 봄날로 남겨질 수 있을까

널 사랑했던 얘기를 내 꿈에서 너에게 건넬 수 있다면,
비록 감추려 했던 그리운 시간을 지워지지 않게 끄집어내어 간직할 수 있을까

황홀한 나르시시즘에 젖어 든 나의 시선

선재하는 심리적 조건인 내 모든 기억은

가슴 터질 듯 가장 순수하고 겹차적인 본능

미적 직관에로의 명백성에 담보된 신비스러운 소우주로의 탐닉
조화로운 유기체로서의 너에 대한 끈질긴 구애
깊어질수록 알 수 없는 세상에서 가장 진지한 테마

오직 명사로서 존재하는 모든 피-수식어들을 거부하는 내

exist only as nouns

Like that, you are the eternal mid-40s persona and vivid mystery that approaching me

사랑

그렇게, 너는 내게 다가오는 영원한 사십 대 중반의 페르소나이자 생생한 신비

Mystery, an invisible being

What are you trying to see

you

with your eyes, do you want to try to erase the absence of others

what you see is what exists as the in itself captured in the world, you, don't try to see it, but feel it

your thinking wakes up the sleeping state of affairs

giving meaning to things that can't be explained in words

Truth will only be possible in your world

how dare I do this place

being not a body made up of thoughts in Rene Descartes

I'll approach you with the concept of flesh in Merleau-Ponty

신비, 보이지 않음으로

그대는 무엇을 보려고 하는가

그대는
그대의 시선으로 타자의 부재를 소거하려 드는가

보이는 것이야말로 세계에 포착된 즉자로 존재하는 것이니 그대, 보려 말고 느끼려 들라

그대의 사고는 잠들어 있는 사태를 깨우고
말로 설명될 수 없는 것들에 스스로 의미를 부여하니
진리는 오직 그대의 세계에서만 가능하게 되리라

나는 이 자리에서 감히
르네 데카르트의 생각된 몸이 아닌,
메를로 퐁티의 '살' 개념으로 덤비노니

all the things you bump against

it will come to me with a sense of prediction

deviating from the structure of invisible silence

excavating our thinking into the edge of others

I will reduce it as a being in the world that can always be detected

consequently

be granted the right to talk about mystery

모든 부딪치는 것들은
그저 내게 하나의 예단 될 감각으로 다가올 것이며

그것은 보이지 않는 침묵의 구조에서 벗어난
우리의 사고를 대상의 가장자리로 굴착시켜
항상 감지 가능한 세계 내 존재로 환원시키리라

그리하여
그대는 신비에 대해 말할 수 있는 자격을 부여받으라

Loving star

A starry night

that would have owned

a small happiness

별바라기

별이 빛나는 밤을

소유했을

소소한 행복

Reunion

Merely

the snow here didn’t melt

the reason why

've been hiding for a long time

it's because of the unfamiliarity of the sunlight

해후

다만

이곳 눈이 차마 녹지 않은

이유는

오래 숨어지낸

저 햇빛의 낯섦 탓이겠지

Two nights

Time

a record of jealousy that has been subsided by memory

the fact that God gave me a comfortable home

being noticed it

the repentance of pleasure.

the repentance of suffering

if you can reveal all your memories in one scene, you can get rid of even a small shyness

to promise that I will be able to come back with a pure heart in the future

how many lies did I tell

all my jealousy towards you is useless rebellion and old solitude

why did I try to memorize my love for you, I don't know

두 개의 밤

시간
기억으로 침잠된 질투의 기록
신께서 내 누울 자리에 안겨질 안성맞춤인 것으로
알아차리셨을

쾌락의 참회
고통의 참회

온 기억을 한 장면으로 명경에 드러낼 수 있다면 작은 부끄럼조차 차치할 수 있음을
내 진정성으로 회귀 될 수 있을 거라는 그 수다한 세월 후를 기약하기 위해
얼마나 숱한 거짓을 일삼아 왔는지
너에 대한 나의 모든 질투는 부질없는 어깃장이며 낡아빠진 고독의 감상

나는 왜 너에 대한 사랑을 외우려고만 했던가

well

wanting to be comforted I whispered towards the sky

it's my sighing youth that I've always pursued solitude

it's a perfect story that I couldn't fall in love even though I met ‘M’

The saddest determination that breaking up will soon be death for me, I’ve been chasing and enduring the most plausible breath

eventually

the scariest choice to point a pistol of love and hatred at a badly dented temples

I won't bounce a single drop of blood to anyone

consequently

darkness that requires two decisions, whether to live or die, to die or to live

all the breathtaking things, including myself that will permeate the ground and melt away

위로받고 싶어 하늘을 향하여 토로했던
늘 고독을 추구했을 내 탄식의 청춘이야
'M'을 만났었기에 초과의 사랑에 미칠 수 없었던 오롯한 서사
헤어짐은 곧 나에게 죽음일 것이라는 가장 서글픈 다짐의 가장 그럴듯한 숨죽임을 쫓아 견뎌왔기에

이제야
움푹 팬 관자놀이에 애증의 육혈포를 겨눌 수 있을 가장 무서울 듯한 선택
그 누구에게도 내 단 한 점의 핏방울도 튕기지 않을
그리하여
사느냐 죽느냐, 죽느냐 사느냐 그 두 개의 결단이 요구되는 어둠
땅에 스며들어 녹아 사라져갈 나를 위시한 모든 숨죽이는 것들

Even though be dazzling sunset on the island

Meeting someone bright all day long

touching it hot,

even in the wind and cold weather

warming up the surrounding with body temperature

beyond that island to another world

even if I go down as if it's a shame

the touch of the palm and lips of you

can't let it lose

even though be dazzling sunset on the island

낙조, 그 눈부신 섬의

나절, 비추며
짜릿하게 손잡아
흔들리는 바람과 추위의 매서움에도
온기로 주위를 데우다가
저 언덕 너머 살던 곳으로
안녕일지라도
머물던 손바닥과 입술의 감촉마저
떠나가게 할 수 없는
낙조, 그 눈부신 섬의

Under the stars

The great journey of time standing together at the end of the season

when I read the Bible while looking up at the sky, Suddenly, the twilight is colored

each person's heart is approaching the ground with a holy pulsation

I just want to be a star

whenever I call your name, it's cool to live under the starlight of gravity after passing through a river

when the sun hid itself in the shade, the sky covered the clouds to sleep

When the darkness spreads to the ground I'm slowly stepping back into silence with a faint heart, a meteor slides diagonally

on the radio,

Last night, a woman who was selling money for herself with no one to forget, with my body bent in half, it became

별 아래에서

계절의 끝에 함께 서 있던 위대한 시간의 여정

하늘을 보며 성경을 읊조리면 어느새 황혼이 넘어가고

저마다의 심장은 성스러운 박동으로 지상에 다가서는데,

괜히 별이 되고 싶을 때가 있어
당신의 이름을 새길 때마다 한 폭의 강물을 지나 하늘가 중력을 견디는 불빛으로 사는 것도 폼나거든
햇볕이 그늘 안으로 몸을 숨기면 하늘은 잠을 청하려고 구름을 덮었지
어둠 땅으로 번지면 희미해지는 마음 되어 나는 점점 적막 속으로 뒷걸음치고 유성 하나 사선으로 미끄러진다

라디오에선,
지난밤 못 잊을 사람 하나 없이 자신을 위해 돈을 팔던 여자가 몸을 절반으로 굽힌 채 영도다리 아래 강물 같은 바다

the river like the sea under the Yeongdo Bridge, a kid without a name tag cried in his stomach

the rainprints which were eager to die in time, built tens of thousands of tombs from dawn, in the rain falling like an icicle, I don't like the tears at the end of the eaves anymore, so I yawn

when a drop of rain is dying on the back of my hand,

dreams take the memories of parturient every day, and no one appears in the next scene of the memory

before the excitement disappears in life, if you sit in the corner of waiting and cry quietly, the end of time will come

a smile exists for loss, and every space that catches time with unfamiliar screams becomes Karma

there's no end to waiting

가 되었고 이름표 없을 아이가 뱃속에서 울었다

때맞춰 죽음을 열망하던 빗자국들은 새벽부터 수만 개의 무덤을 만들었고 고드름마냥 낙하하는 빗물에 나도 더 이상 처마 끝 눈물이 싫어 하품을 새긴다

빗방울 하나가 손등에 죽어갈 때,
꿈은 날마다 만삭의 기억을 데려가고 추억의 다음 장면에 아무도 등장하지 않는다
삶에 더 이상의 설렘이 지워지기 전, 기다림의 틈에 앉아 조용히 눈물 흘리면 시간의 끝은 반드시 오겠지

미소는 상실을 위해 존재하고 낯선 비명들로 시간을 낚는 모든 공간은 카르마가 된다
기다림에는 마지막이 없다

A dream, not happy

Guilt rules me and dreams reject me
her thirsty lips and eyes are salty
like a gloomy fairy tale, my room was made of thorny trees
the memory of hanging a weight and going up to the sky brings a fierce wind with a petal in his mouth
only the oxygen that has burned into the epidermis that has been pierced
my childhood is hidden by the dreamy piano melody

what can I say right now
the letters are eyes that touch the figure that has magically turned into a sad tone
as soon as fear knocks on my eyelids, even her silhouette disappears
the reason why I'm not happy at all even though I had fickle dreams every day

꿈, 행복하지 않은

죄의식 나를 통제하고 꿈조차 나를 거부한다
그녀의 목마른 입술과 눈가에 소금기가 흐른다
음울한 동화처럼 온통 내 방안이 가시나무숲으로 만들어졌다
추를 매달고 하늘로 올라간 기억이 꽃잎 하나를 입에 문 채 매서운 바람을 몰고 온다
구멍 뚫린 표피 속으로 다 타버린 산소만 스며든다

몽환의 피아노 선율에 나의 유년이 감춰진다

내가 지금 어떤 말을 할 수 있을까
글자들은 마법처럼 슬픈 어조로 변해버린 형체를 어루만져주는 시선
두려움이 내 눈꺼풀을 두드리는 순간 그녀의 실루엣마저 소멸된다
날마다 변덕스러운 꿈을 꾸었음에도 내가 전혀 행복하지 않은 이유

I wake up and get greedy for the outside

the thick coat of window comes off and a pigeon across the street wraps blue roof around its body temperature

나는 잠에서 일어나 바깥을 욕심낸다

두꺼운 창문 외투가 벗겨지고 건너 비둘기 한 마리 푸른 지붕을 체온으로 감싼다

An essay

If I put my pen down

regret that I didn't descript

something

realize the truth that there is something that has disappeared in vain

it faithfully records the sensory experiences that hold on to life

the thing

I ask for more than that

an article listing what I see doesn't make art

now I'm going to start paying attention to things that I've just missed and about my ever-changing hypocrisy to the person, I loved I sink into the embarrassing sadness that comes from a situation I never thought I would feel

어떤 에세이

마무리 후 펜을 내려놓을 때면
내가 묘사하지 못한
것
덧없이 사라지고 만 것이 있다는 진실을 깨닫는다

삶을 붙잡아 두는 감각 경험을 충실하게 기록하는

것
그 이상의 무엇인가를 요구하게 된다

내가 본 것을 나열한 글은 예술이 되지 못한다

이제 나는 그저 지나쳤던 것들에 관심을 가지기 시작할 것이며 사랑했던 사람에게로의 내 변화무쌍한 위선에 대해 이전에 아픔을 느끼리라 생각지도 못했던 상황으로부터 밀려오는 쑥스러운 슬픔에 가라앉고 만다

pain before

sometimes it's more beautiful to just pass by, I loved her with the cool smiles of the people who turned around

nay

I want to be in love again, so I'm putting in my humble post again

a poem begins again like this, although I can't hand it over to her former self

때로는 그저 지나치는 것이 더 아름다운 여적이 되니 돌아선 사람들의 서늘한 미소에 그녀를 사랑했던

아니
다시 사랑하고 싶어 이렇게 보잘것없는 나의 글을 다시 들이민다

비록 예전의 그녀에게 건넬 수 없겠지만 하나의 시는 이렇게 다시 시작된다

Mountain path

There's a face

which is seeing something quietly

When you're thirsty

My sweat drops

living while drinking dew

an old path

산길

고즈넉이 바라보는
얼굴 하나 있지

목마를 때
내 땀방울
이슬로 먹고사는

아주 오래된 새로운 길

A glass

The scent breathes memory

on the cold ground stained with split webs

if the warm rain comes down and wetting your whole body

the stars that fell asleep in my memory

here's looking at you (ÉSTA VA POR TI, MUÑECA)

with the precious hearts that we were sitting opposite each other

calling out your secretive self into a poem

on the empty chair where longing lies

can't even breathe in my dream

it's full of exciting scenes

it contains the traces of the wind in the gray landscape

잔

추억을 마시는 그대 향기,

갈라진 거미줄로 물든 차가운 대지에

온기의 빗물 내려와 몸을 적시면

아로새겨진 밤별들 내 기억에 묻혀

무심코 떠오르는 눈빛들의 언어

마주 앉았던 소중한 마음을 담아

비밀스러운 너를 한 편의 시로 불러내어

그리움 덮인 빈자리 한켠에

꿈속에서조차 숨 쉴 수 없을

가슴 설레는 장면들로 가득 찬

회색 풍경 속 흩날린 바람의 흔적들을 담고

Spring2

On closer examination,
the idea of a dream isn't so bitter

all I see is a vacuum of reality, and since them life has been full of questions

in the first season,
the tragic disease of literature appeared chronic
all my analyses are the philosophy of imperfect extinction itself

my heart that I wanted to own you last winter must've been remember by you

in order to be able to be to be a man with no shame

봄2

자세히 따져보니
몽상이라는 것이 그리 씁쓸하지 않다

내게 나타난 건
오히려 현실의 공백일 뿐
그때부터 삶은 의문투성이다

첫 계절에
비극적인 문학의 병이 고질적으로 나타난 터라
세계에 대한 나의 온갖 분석들은 불완전한 소멸의 철학 그 자체다

지난겨울
그대를 소유하려던 나의 심장이
그대에게 짐작되고도 남았으리라

남자라는 자격에 부끄럼 없을—이름 그 하나만을 갖추기

when I express my strong affection

to reach the absolute symbol of love, which is a linguistic symbol

I've realized your definite presence in my heart

it could be at the heart of a formal contradiction

that I'm away from you

is a great silence that is possible only under impossible circumstances or humble conditions

I can't get out of it yet

spring is

always my slender moments in a row trying to acquire you

위해
강렬한 애정을 퍼부었을 때
언어적 상징일 사랑이라는 절대에 다다르기 위하여

나는 가슴에 당신의 확실한 체취를 익혔다
형식적 모순의 핵심이 될 수 있겠지만
내가 당신에게서 도피한다는 것은
불가능한 사태 혹은 미친한 조건에서나 가능할
위대한 침묵이다

아직 벗어날 수 없다

봄은
항상 당신을 획득하려는 연속의 내 가느다란 순간들이다

Winter memory

It's not a world covered with white picture

like footprints covered in the snow on the street
the weight of the people is sitting on it

every-time one remembers, just says goodbye

I'm just a memory of the cold winter which is coming

겨울 기억

하얀그림으로
덮여있는세상이
아니건만

거리에는
온통눈에찍힌발자욱처럼
사람들의무게가
걸터앉아있고

서성이는기억마다
잘가라는인사뿐

나는결국
다가오고야말
차가운겨울의기억일뿐이다